Kruppa

Zaubersprüche

Hans Kruppa

Zaubersprüche

Aphorismen

SPHINX
Weisheit

Die Deutsche Bibliothek – CIP-Einheitsaufnahme
Kruppa, Hans:
Zaubersprüche : Aphorismen / Hans Kruppa. – 2. Aufl. –
München : Hugendubel, 1997
(Sphinx Weisheit)
ISBN 3-89631-171-9

SPHINX Weisheit

2. Auflage der überarbeiteten und erweiterten Ausgabe
im Heinrich Hugendubel Verlag 1997
Die ersten beiden Auflagen erschienen im Param Verlag,
Clausthal-Zellerfeld.

Lektorat: Barbara Imgrund, München
Umschlaggestaltung: Zembsch' Werkstatt, München
Produktion: Tillmann Roeder, München
Satz: SatzTeam Berger, Ellenberg
Druck und Bindung: Huber, Dießen
Printed in Germany

ISBN 3-89631-171-9

Für meine Mutter

Es ist verlockend,
sich an gewonnene Einsicht
zu klammern.
Wer wirklich sucht,
läßt alle Schätze
hinter sich zurück,
denn das Beste an ihnen
ist der Moment ihrer Entdeckung.

Lebenskunst:
aus schlechten Erfahrungen lernen
und doch unschuldig bleiben –
und jeden Tag aufs neue so leben,
als sei die Vergangenheit nicht wichtiger
als die Träume der letzten Nacht.

In der Liebe
gibt es Geschenke,
die sich in Luft auflösen,
wenn sie nicht
rechtzeitig gegeben
oder empfangen werden.

Alles kann warten,
nur die Liebe nicht.
Wer die Liebe warten läßt,
beleidigt den wichtigsten Gast
seines Lebens
und sieht ihn vielleicht
nie wieder.

Wenn ich nicht jeden Tag
Zufriedenheit in mir verspüre,
Dankbarkeit meinem Dasein gegenüber,
lebe ich falsch.

Ein Vogel
in einem großen Käfig
fühlt sich freier
als einer in einem kleinen.
Aber nur der Vogel,
der den weiten Himmel
als Zuhause hat,
weiß, was Freiheit ist.

Wenn wir lieben,
haben wir die Chance,
nicht zu irren.
Und wie viele Chancen
zu lieben
werden verpaßt!

Wer sein Augenmerk zu sehr
auf die Möglichkeiten richtet,
die ihm von außen verbaut werden,
verliert leicht den Blick
für die Möglichkeiten,
die er sich von innen
freilegen könnte.

Alles Reife bietet sich an.
Ungeduld stört
die natürliche Entwicklung.
Gute Ernte erwartet den,
der warten kann.

Nichts Lebendes
ist voneinander getrennt.
Alles fließt ineinander
und vermischt sich miteinander.
Ständige Veränderung bewirkende Bewegung
ist das Wesen des Lebens.

Eins muß man
der Angst lassen:
Sie hat den Mut,
sich selbst zu ertragen.

Herr seiner Tage
kann erst sein,
wer Frau seiner Nächte
geworden ist.

Es ist hundertmal besser,
unsicher zu gehen
als an den Krücken
trügerischer Sicherheiten.

Das Verlernen
ist nicht leicht
zu lernen –
und steht oft
vor dem
wahren Lernen.

Das Unverhoffte
bringt die Lösung,
denn die Erwartung
schafft das Problem.

Nicht immer
den Gang zum anderen machen,
wenn kein Wind
in den Segeln ist.
Einen neuen Anfang
aus sich selbst heraus finden.

Unruhe schafft Hunger,
Hunger nach mehr Unruhe.
Ruhe ist sich selbst genug,
Ruhe ist immer satt.

Die Heftigkeit,
mit der innere Unfreiheit
verteidigt wird,
ist ein guter Maßstab
für die Größe der Angst
vor der Einsicht
in die Lebenslüge.

Das Herz denkt
anders als der Kopf.
Der Kopf
nennt das Herz naiv.
Das Herz nennt
den Kopf einen Diktator.

Die Mutter aller Freiheiten
ist die Angstfreiheit.
Solange noch Angst besteht,
fällt die Freiheit
ihr zum Opfer.

Je mehr ich sehe,
desto mehr sehe ich,
daß es nichts
zu wissen gibt –
und alles zu leben.

Wer sich im Seelischen
zum Lehrer aufschwingt,
landet stets als Belehrter –
es sei denn, er beherrscht
die Kunst des Fliegens.

Den Schwarzen Peter,
den ich einem anderen zuschiebe,
bekomme ich früher oder später
wieder zurück.
Die Frage ist nur,
von wem?

Unruhiges Denken
findet nicht zur Weisheit.
Es ist immer unterwegs
und nie zu Hause.
Mit großer Geschwindigkeit
erreicht es kein Ziel.

Statt einer Liebeserklärung:
Ich möchte dir guttun
und wünsche mir
dasselbe von dir.

Es ist schön,
ohne besonderen Grund
dankbar sein zu können,
einfach, weil man lebt –
es macht heiter und zuversichtlich.

Der Kurs des Lebens
gleicht einer Zickzacklinie,
scheint manchmal Kreise zu beschreiben
und findet oft nicht unsere Zustimmung.
Wir sind Passagiere auf einem Schiff,
dessen Kapitän offensichtlich verrückt ist.
Wir würden so gern die Route festlegen
und höchstpersönlich
das Steuer in die Hand nehmen –
aber wir sind und bleiben Passagiere,
auch wenn wir an allem kräftig drehen,
was nach einem Ruder aussieht.

Ist man in sich unzufrieden,
dann auch mit allem,
was um einen herum ist:
der Wohnung, dem Wetter,
dem Leben, der Welt –
nichts als Projektionen!
Die Welt, das Leben,
das Wetter, die Wohnung
sind so, wie ich bin.
Alles ist eine Leinwand
für den Film, den ich ausstrahle.
Wohin ich auch schaue,
immer sehe ich meinen eigenen Zustand.
Ablenkung ist zwecklos;
ich muß diesen schlechten Film
absitzen, ableben.
Es kommen wieder bessere.

Dichter machen
aus Worten Blumen,
die nicht welken –
Papierblumen.

Das Gute
ist der beste Feind
des Besseren.

Manches darf
nicht entschieden werden,
damit es sich entscheiden kann.

Weisheit
ist die Intelligenz
der Seele.

Vor großer Bedeutung
steht die Sprache
sprachlos.

Im Akzeptieren
der Unsicherheit
liegt die
einzige Sicherheit.

Liebe ist
die Atemluft der Seele.
Liebe
sieht am tiefsten.

Liebe,
die Forderungen stellt,
ist maskierte Angst.

Alles Wesentliche
wird freiwillig gegeben.

Die größte Chance
ist zugleich
die größte Gefahr.

Am Ende aller Worte
klafft ein Abgrund,
den nur das Schweigen
überfliegen kann.

Keine Fragen stellen –
Antwort sein!

Meditative Aktion:
aus der Mitte heraus handeln.
Beruhigende Erregung:
den mittleren Weg gehen –
der führt zugleich
bergauf und bergab.

Der Augenblick hat die Grenzen
des Sagbaren überschritten.
Versuche ich,
ihn in den Geltungsbereich
der Sprache zurückzuzerren,
so zerstöre ich seine Freiheit –
und damit sein Wesen.

Gedanken können uns
von der Wahrheit trennen,
die wir mit ihrer Hilfe suchen –
durch ihre Angst vor Selbstaufgabe.

Das trübe Denken
kann sich
nicht selbst vergessen.
Nur das klare Denken
kann sich
dem Nichtdenken überlassen,
denn es sieht tiefer.

Liebe macht blind –
für den Anblick
des Unwesentlichen.

Liebe ist wie ein Gedicht,
dessen Bedeutung
sich nicht verstehen,
allenfalls erahnen läßt –
und nur in reinem Herzenslicht.

Das Ich
ist die Welle,
die Angst davor hat,
Ozean zu sein.

Freie Menschen fliegen
über die Wälder hinweg,
die andere vor lauter Bäumen
nicht sehen können.

Ich habe nur,
was ich bin.

Zwang zerstört
das Eigentliche.

Bewußt sein
ist die größte Freude.

Das Leben beantwortet
jede lebendige Frage.

Wer sucht,
ersehnt Verwandlung.

Kein Fortschritt ist möglich
ohne Erweiterung des Herzens.

Das Verständnis
für den anderen
endet dort,
wo der eigene Schmerz
unerträglich wird.

Solange du verletzt,
wirst du verletzt.
Solange du verletzt wirst,
verletzt du.
Wer macht den ersten Schritt
aus dem Teufelskreis?

Leben
fühlt die Möglichkeiten
der ihm vorbestimmten Größe
schon als Keim.

Das Lebendige
bringt alles
Festgelegte
unweigerlich ins Fließen.

Solange ich mich
in mir täusche,
täusche ich mich
in allen anderen.

Wer immer aufs neue
enttäuscht wird,
macht immer wieder
die alten Fehler.

Ein Dichter,
der nicht gerne liebt,
ist wie eine Sonne,
die keine Wärme abgibt.

Man hat
keine Wahrheit gefunden,
wenn man durch sie
Liebe verliert.
Man hat
keine Schönheit entdeckt,
wenn sie nicht
Liebe erweckt.

Egoismus ist Wasser
auf das Feuer der Liebe,
denn sie will verbrennen,
was er für unentbehrlich hält –
ihn selbst.

Zartes und Kostbares,
das ohne Liebe
in die Hand genommen wird,
läuft Gefahr,
zerstört zu werden,
bevor es erkannt ist.

Suchst du nach Liebe,
so wird sie dich finden.
Suchst du nach Sicherheit,
so darfst du nicht
nach Liebe suchen.

Angst und Liebe
stehen zueinander
wie ein Stacheldrahtzaun
um einen Brunnen.
Wer ihn errichtet hat,
läßt andere dürsten
wie sich selbst.

Krankheit ist ein
Symptom verirrten Lebens.
Sie drosselt das Tempo
falscher Bewegung,
denn verlangsamtes Leben
findet den Weg
zu sich zurück.
Der Körper verweigert sich
weiterer Oberflächlichkeit
und zwingt das Leben
in die Tiefe.

Am meisten Angst
vor dem Sterben
haben die Menschen,
die am wenigsten gelebt haben,
die ihr Leben vergeudet,
verspielt und nicht seinem
ureigenen Sinn gewidmet haben,
denn sie haben
am meisten zu verlieren:
eine Fülle
von nicht genutzten Chancen.

Wer nur die Blumen
in seinem eigenen Garten liebt,
liebt nicht die Blumen,
sondern den Besitz.

Ein Geist
kann mich begeistern:
der aus sich heraus
alles Rechthaberische ausschließt.

Absichtslos leben.
Absichtsfrei im Augenblick sein.
Mehr wäre weniger.

Sprache ist Zauber.
Wer ihn kennt,
kann verwandeln –
oder sich verwandeln lassen.

Die Maske
fürchtet am meisten
das Natürliche.

Es gibt
keine Alternative
zur Offenheit.

Alleinsein
ist Zusammensein
mit der schweigenden
Gegenwart der Umgebung.

Der Eintritt ins Wesentliche
ist ein Sprung ins Ungewisse.
Wie man sich festhält
an der scheinbaren
Zuverlässigkeit des Scheinbaren!

Glück hat,
von außen gesehen,
immer etwas Egoistisches,
denn es ist
vollauf damit beschäftigt,
sich selbst zu genießen.

Wenn jemand sagt,
alles sei so kompliziert,
dann ist er realistisch.
Wenn jemand darauf antwortet,
es sei alles ganz einfach,
dann ist er naiv – oder weise.

Was sich liebt,
das weckt sich.

Wer der Liebe mißtraut,
hat Angst vor dem Leben.

Wer immer widersteht,
fällt durch seine
Angst vorm Fallen.

Elend kann nicht
über sich hinaussehen.

Der Beschränkte
nimmt seine Beschränkungen
nicht als solche wahr.

Was den einen ihr täglich Brot,
ist den anderen ihr täglich Gift.
Und sie sitzen an einem Tisch.

Reinheit:
ein unbegrenzter Raum,
ins Helle fließend.
Kein Menschenwerk.
Über den Gegensätzen
geduldig wartend.

Das, was ist –
das, was sein kann:
zwei Elixiere,
die miteinander vermischt
zu Gift werden können.

Tagebuchschreiben:
einseitiges Gespräch
mit einem Partner,
der immer gut zuhört
und alles versteht.

Wahrheit ist
ihr eigenes Ziel.
Wer andere Ziele
mit ihr verfolgt,
macht sie zur Lüge.

Wahrheit wächst in uns
mit dem Wachstum
unseres Mutes,
ihr in die Augen zu sehen.

Sie sind
sich selbst die Nächsten
und deshalb
weit voneinander entfernt,
aber wiederum nahe genug,
um sich treffen zu können.

Die Harten, Energischen
werden niemals
der Versuchung widerstehen,
die Nachgiebigen und Zögernden
zu unterdrücken.

Die Sehnsucht
verschlingt oft das,
was sie erweckt hat,
wenn es ihr nicht
rechtzeitig entkommt.

Keiner,
der dir nahesteht,
darf sich
dir in den Weg
zu anderen stellen.

Die Wahrheit
hat viele Gesichter.
Die Lüge
hat viele Masken.
Der Augenblick
entscheidet.

Die Seele
ist die Dimension des Geteilten,
die den Sinn des Ganzen
noch am ehesten
zu erkennen vermag.

Nur entspanntes Leben
kann in die Tiefe gehen.
Gespannt treibt es
an der Oberfläche
wie Holz auf dem Wasser.

Uhren
gehen der Zeit
auf den Wecker.

Es gibt Menschen,
deren Lebensmelodie
nach Banknoten gespielt wird.

Gelobt sei,
was *zart* macht.

Leben muß geliebt werden,
um seinen Namen zu verdienen.

Wenn die Augen lieben,
sehen sie im Gewöhnlichen
das Wunderbare.

Vertrauen ist
der erste Schritt,
der den Boden
für den nächsten schafft.

Leidest du
unter der Beschränktheit
deiner Möglichkeiten,
so nutze den Leidensdruck,
um sie zu erweitern.

Derjenige,
der einen anderen
als den Dümmeren dastehen läßt,
ist zweifellos der Klügere,
solange er sich nicht
für den Besseren hält.

Nicht bevor du dich
im anderen entdeckt hast,
kannst du ihn behandeln
wie dich selbst.

Wer seine
eigene Freiheit liebt,
liebt auch die der anderen –
wenn nicht,
liebt er seinen Vorteil.

Laßt nicht Blumen sprechen –
sprecht wie Blumen!

Lärm verscheucht
die feinsten Geister.

Vorsicht vor Sätzen,
deren Ausrufezeichen
eine knallende Tür war.

Schwindelgefühle der Seele,
wenn der Verstand
sich im Teufelskreis dreht.

Geistige Bewegungen schaffen
unsichtbare Wirklichkeit.

Jedes Wort
wird zum Wegweiser ins Unsagbare,
wenn es aus ihm kommt.

Illusionen
ähneln Seifenblasen –
nur dauert es länger,
bis sie platzen.

Jeder schöne Traum
wehrt sich gegen
seine Verwirklichung,
denn sie ist
sein Ende.

Den wahren Lebenskünstler
erkennt man
an seiner Kunst,
von seiner Lebenskunst
zu leben.

Aus Verantwortungslosigkeit
keimt Verantwortungsgefühl.
Aus Irrtümern wächst Einsicht.
Das Falsche ist oft
die Muttererde für das Richtige.

Gespräche,
in denen jedes Wort
eine Erfahrung ist
und jeder Satz
ein Satz nach oben.

Wer nicht
das Glück
der Schwäche kennt,
überschätzt
das Glück der Stärke.

In der Tiefe
ergeben die Gegensätze
einen Sinn.
Worte aus der Tiefe
kennen keinen Zweifel.

Eine Zeit,
in der einem
viel genommen wird,
ist eine Zeit,
in der einem heimlich
viel gegeben wird.

Uneingrenzbar
ist die Wirklichkeit,
voller Wirklichkeiten,
die sich gegenseitig
beeinflussen und durchdringen.

Bei der Wahrheit bleiben:
Dieser Geliebten
ist leicht treu zu sein,
denn sie verändert sich
von Augenblick zu Augenblick.

Viele haben
etwas zu sagen.
Wenige haben
etwas zu geben.

Wenn Gedanken
sich nicht halten ließen
von besitzergreifenden Köpfen,
wenn sie, wie Sternschnuppen,
nur aufleuchten würden,
um zu verblassen,
würde sich niemand
sein Leben verdenken.

Wer nicht vertraut,
dem wird nichts wirklich.

Manche Gewinne werden
erst im Verlieren erzielt.

Über den Kopf
führt kein Weg
ins Lebensinnere.

Meditation:
in sich mit allem eins sein.

Niemand kann dich
glücklicher machen,
als er ist.

Das Leben ist immer nah –
aber suchende Augen
sehen gern in die Ferne.

Wer klopft,
dem wird aufgetan,
sofern er nicht
vor der falschen Tür steht.

Das Ende der Wünsche
ist der Anfang
sich selbst genügender,
überfließender Gegenwärtigkeit.

Weisheit zögert,
bevor sie spricht.
Seichtheit verrät sich gern
durch Schnellwisserei.

Weise ist,
wer seine Weisheit
nicht vermißt,
wenn sie ihn mal vergißt.

Aus einem Sumpf
kann dich nur jemand herausholen,
der sich nicht
von dir hineinziehen läßt.

Viele hätten es nicht nötig,
sich wichtig zu machen,
wenn sie sich
ihrer Wichtigkeit sicher wären.

Es ist nicht ratsam,
für eine Person
mehr Interesse zu entwickeln,
als diese für einen selbst zeigt.

Menschen,
die nicht aus ganzem Herzen
ja sagen können zu Situationen,
aus denen viel Gutes entstehen kann,
werden nie die köstlichsten Früchte
ihres Lebensbaums schmecken.

Paradies:
Ort, wo Menschen
die Liebe ernster nehmen
als sich selbst.

Der Blick
des Liebenden
taucht alles,
was er berührt,
in Leben.

Sensibilität
ist die Brücke
ins Reich der Magie.

Wer nicht
genug Lebensfülle
in sich verspürt,
gönnt sie anderen nicht.
Nur aus innerem Reichtum
erwächst Neidlosigkeit.

Es ist besser
zu verstummen,
als am Eigentlichen
vorbeizureden.

Wer seine Glücksgefühle
nicht für sich behalten kann,
ist wie ein Fluß,
der ödes Land
fruchtbar macht.

Wie Baumstämme sich
mit zunehmender Höhe verjüngen,
wird das Herz
mit wachsender Liebe
immer kindlicher.

Die Schönheit des Körpers
gleicht einer Blume –
ihre Pracht verliert sich
mit der Zeit.
Die Blüte der Seele aber
duftet nach Unvergänglichkeit.

Lieb sein
ist keine Schwäche,
sondern eine Kunst.
Weich sein
ist keine Feigheit,
sondern Mut.
Leicht sein
ist nicht Übermut,
sondern Anmut.

So viele Partnerschaften
werden weniger durch Liebe erhalten
als durch die Angst,
den anderen zu verlieren,
weniger durch gemeinsames Glück
als durch einsame Verlustängste,
die nichts so sehr fürchten
wie die Freiheit des Herzens –
die Atmosphäre wirklicher Liebe.

Im scheinbar
grundlosen Lächeln
offenbart sich
die Natur der Seele.

Wer Angst davor hat,
sich selbst
auf den Grund zu gehen,
wird alles
und alle anderen
auch nur oberflächlich sehen.

Verschließ dir
keine interessante Tür,
durch die du nicht
mindestens einmal
gegangen bist.

Wer in sich selbst
im dunkeln tappt,
führt andere
zwangsläufig
hinters Licht.

Das Leben
ähnelt einem Fluß,
der sich von der
Quelle der Geburt
seinen Weg sucht
durch die
Landschaft der Zeit
in den
Ozean des Todes.

Wo Liebe
keinen Frieden schenkt,
wird um Macht gekämpft.
Wo Herzen nicht
füreinander offen sind,
werden Beziehungen politisch.
Zwischenmenschliche Politik
ist der friedlose Friedhof
gestorbenen Glücks.

Wie kommt es nur,
daß die meisten Früchte
mit zunehmender Reife weicher,
die meisten Menschen hingegen
härter werden?

Man kann nicht alles bekommen,
was man sich wünscht.
Aber man kann lernen,
seinen Willen
nicht so ernst zu nehmen.

Es gibt
keine Sicherheit –
aber ungemein viel Angst,
sie zu verlieren.

Viele Leute
schaffen ein Klima,
in dem Liebe
sich nicht halten kann –
und nennen es
Leben.

Wenn du am liebsten
vor dir selbst
flüchten möchtest,
halte dir stand,
sieh dir ins Gesicht,
denn früher oder später
mußt du es ohnehin.

Wer sein Leben nicht
in die eigenen Hände nimmt,
wird erleben müssen,
daß andere es sich zuspielen
wie einen Ball –
und manchmal fallen lassen.

Der natürliche
Reichtum des Lebens
liegt unter der
Oberfläche des Alltäglichen –
im Untergrund des Empfindens.

Wer die Liebe zum Lastesel
seiner Probleme und Ängste macht,
darf sich nicht wundern,
wenn sie störrisch wird
und nicht mehr weitergehen will.

Es gibt Bedürfnisse,
die man erst dann erkennt,
wenn sie befriedigt werden.
Darum ist es so wichtig,
neugierig zu bleiben,
offen für Unverhofftes,
sich nicht zu bescheiden
in trügerischer Zufriedenheit
mit dem Erreichten.
Alles, was wir erreichen,
sind Stationen auf dem Weg.

Der Zauber des Alleinseins
ist mit keinem anderen vergleichbar.
Wer wirklich allein ist,
ist eins mit der Stille
in sich und um sich herum,
er genießt das innere
wie das äußere Schweigen
und vereint schließlich
Innen und Außen
in der Tiefe seines Empfindens.

Wer seine Heimat
einmal in sich selbst
gefunden hat,
ist jenseits aller
Nationen und Religionen,
jenseits aller
Sprachen und Grenzen,
er ist
im Leben selbst zu Hause.

Der Dichter
ist kein Modeschöpfer
der Wahrheit.
Er zieht ihr nicht
immer wieder
neue Kleider an,
um sie besser
zur Geltung zu bringen.
Er zieht ihr vielmehr
die alten aus,
um sie besser zu lieben.

Was du verlangst,
macht dich zum Bettler.
Was man dir gern gibt,
macht dich reich.

Wogegen man sich
mit größtem Eifer wehrt,
ist manchmal das,
was man insgeheim begehrt.

Wer ein
gutes Lebensgefühl hat,
braucht keine Philosophie.

Wer wirklich
dankbar ist für das,
was ihm gegeben wurde,
verlangt nicht mehr.

Manche Menschen
versuchen zu vernichten,
was sie nicht verstehen;
denn zu verstehen
heißt nicht selten,
sich zu verändern –
und davor haben sie
die größte Angst,
auch wenn sie sich zugleich
nichts sehnlicher wünschen.

Liebe und Angst
sind wie Feuer und Wasser.
Angst will Sicherheit,
Liebe kann nichts garantieren;
Angst will Kontrolle,
Liebe braucht Vertrauen;
Angst erniedrigt Menschen
zu Besitztümern und Machtobjekten,
schafft unsichtbare Gitter und Mauern –
Liebe wächst und blüht
nur in bedingungsloser Freiheit.

Wenn ich
nicht an mich glaube,
wird es kein anderer tun.

Ich selbst
bin verantwortlich
für das,
was ich dir erlaube,
mit mir zu machen.

Die öde Leere
in seinem Inneren zu erkennen
ist der erste Schritt
auf dem Weg, sie mit
fruchtbarem Sinn zu erfüllen.

Zufriedenheit
ist ein Zustand,
der dann eintritt,
wenn die Lebensführung
eines Menschen
seinem Wesen entspricht.

Liebe ist
eine sehr hohe Kunst.
Sie zu erlernen
erfordert oft mehr,
als man zu geben bereit ist.

Liebe ist Hingabe,
und Hingabe heißt,
den anderen frei
spielen zu lassen
auf dem Instrument
der eigenen Gefühle –
und eins zu werden
mit der Musik,
die daraus entsteht.

Wer im Land
der Liebe wohnt,
verreist nicht gern.

Wer Angst hat,
sein wahres Wesen zu entdecken,
gleicht einer Raupe,
die sich mit Haut und Haaren
gegen ihre Verpuppung sträubt,
weil sie den Schmetterling
in sich nicht spürt.

Niemand
kann mehr geben
als das,
was er in sich
gefunden hat.

Ein Herz,
das sich weit öffnet,
entfaltet eine solche Weisheit,
daß der hellste Kopf
sich daneben ausnimmt
wie ein Kerzenlicht
im Sonnenschein.